쇠꽃이 필 때

쇠꽃이 필 때

류병구 시집

다흘미디어

봄

대학로 마로니에 공원
앙상한 나뭇가지
몸살기가 있는 듯
지나던 바람이 맥을 짚어본다

태중입니다

길 건너 학림다방에서
차 한잔 사주고 싶은
이 기분
와락

2017년 경칩

류병구

차례

제1부 화전 웃기

제2부 쇠꽃이 필 때

제3부 하지감자꽃

제4부 애기사과나무 분재

제1부
화전 웃기

화전花煎 웃기

산에서만 피는 줄 알았지

삼월 시젯날
높이 괸 녹두 고물 찰편 위에
진달래꽃이 옹기종기 만발했네

이, 저승에 번지는 꽃 내음
가분히 일어나 같이 부르는
순후한 봄노래

절창이네

운염도 雲廉島

영종 갯바람이 떼지어 운다

말라 터진 실골 틈바귀에서
생목숨 한 떨기

묵은 시간으로 절여진 눈물
뚝 떨어진다

얼른
구름 뒤로 숨는 하늘을 보았다

강남역 1번 출구

차가운 평일 아침

깊은 터널 속을 나와
1번 계단을 숨차게 올라서면
늘 그 자리에 서 있습니다

하도 바쁘셔서
이른 아침에만
잠깐 나오시는 모양입니다

어깨에 붉은 띠를 두른
반백의 예수님

조반은 자셨을까

누군가 드시라고 놓고 간
찹쌀 도너츠가
외롭게 앉아 있고

간결하고 딱 부러지는
찬송가 한 구절
사나운 소음 속에서 부르르 떠는데

무심한 인파 속을 조심히 지나치며
소곳이 듣습니다

하늘이
잠시 충혈되고 있습니다

봄 감별법

굳이
봄을 쪼개지 않고도
맨 속살 감별할 안목은 없을까

애써
섬진강을 가지 않고도
그 빛나는 윤슬을 만져볼 순 없을까

화엄사 흑매는 짐짓 아른거리고,
못 간 아쉬움을 삭이지 못해
부아난 헛기침만 꽤 해댔다

누군가

어기대는 제 맘 한껏 다그치면
한 무더기 너른한 봄 껴안을 수 있다 했는데

청명날 내린 실비로

각황전 왼켠 언덕배기에
목 떨어진 동백꽃이 낭자하다는 걸

이제사 알았다
제 맘 한껏 움켜 잡고서야

초록 오월을 벗기면

저기
햇 볕살 듬뿍 썰어 가득 메운 들녘

제 철 맞은 들쑥이
찔레향 헤집으며
약오른 숨결로 다가오고

미적대는 늦봄 갈무리 해 준 품삯으로
초록의 풋여름을 지핀다

웃거름, 코 끝 간질이는 들밭은
광각렌즈에 죄다 들킨 갖가지 녹색의 장원

연록 담록 청록 황록들이
왼나절을 휘젓고 나면
방자한 소만小滿 살바람도 진이 다 빠진다

허기진 해는 저녁 산을 넘고

어슬녘달 베어 문

이른 하지감자 흰 분홍꽃들이

암녹색 이랑에서 소리 죽여 웃는다

천수만, 지금 한껏

'태후' 재방 끝나고
아시잠 한숨 붙이고 나니
해가 중나절인데

물때 보고 나온 아낙들 등에
5월의 햇살이 산란한다

봄을 묻고 여름 캐는 조새질에
이른 꽃철도 잔기殘氣가 쇠한 듯

담녹색 봄이
천수만 개펄 너머로
저적저적 걸어간다

안개구름도 떼지어 따라간다

달궈진 해는
그제사 맨살을 드러내고…

글피 그 다음날
입하立夏가 입하入荷된다

포구의 봄

아주 오랜만에 옛 장항선을 탔습니다
예산, 삽교, 홍성을 거쳐 광천을 지나며
차창에 얼비치는 눈길에

역마다 노란 개나리들이
봉두난발을 하고 반기더이다

바다가 하도 붙드는 바람에
대천항에서 하루를 묵었습니다

도다리, 우럭에다
바닷바람 버무려 쌈을 싸먹었더니
비릿한 날봄이 우악스레 내 품에 안기더이다

그날 포구는 제 풀에 겨워
봄 불씨를 이리저리 옮겨 붙이고 있었습니다

어쩌면 나도 가출한 봄바람이었습니다

사이

늦비가 소리 감춰 운다

부모가 두고간 재물 놓고
형제의
피묻은 비명 소리가
하늘을 찔렀다는 소식

천기天氣를 나눈
촘촘한 피붙이들,
우리는 그 사이 없는 사이를
동기간이라 한다

새 스승에게 묻다

밤 한 됫박을 사왔다

아이 가르친답시고
초등학교 6학년 짜리 손자를 불렀다
할애비하고 버니 좀 치자
버니가 뭐에요?
음, 밤 속껍질…

손자놈이 얼른 호주머니 속 휴대폰을 꺼내
두 엄지손가락을 까닥거리더니
버니라고 없는데요
없을 리가

또 얼마를 뒤적거리더니
버니, 보늬의 방언인데요
경북, 충남…
근데 할아버지는 거기가 아니시잖아요

제삿시간은 다가오는데
아직껏 한 톨도 못 친 실종된 교화력이
애먼 시간만 자꾸 갉아먹고 있다

선유동

하늘 높이 들어
그 아래 지붕 잇고

첩첩바위 썰어다가 새 바둑판 짜서
학이며 용이며 거북이들
난가대爛柯臺로 죄다 불러

낮달 옆에 끼고
한판 겨루노니

흰 물소리 벼락치는
청천 솔뎅이, 관평골에서

내, 하룻낮을 고스란히
대야산 허리 휘감은 신선 구름과
너럭돌 실물결에 온 맘 붉혔거늘

늦 상현 맑은 밤에

쉬이 잠 못든다며
밤 숨결 수줍은 나를
누가 또 불러내는가

푸른 내
깊숙이 달물 밴 은선암에서
귀 세워 기다리는 이
누구일까

촉촉한 이슬에 그림자 적시며
저적저적 찾아 나선다

그대, 그 깊은 울림

— 여동閭東 송재구宋在玖 선생 회혼례에

오랜 길
켜켜이 빗금 그으며
거센 풍상 견뎌온
저리 질박한 불꽃

엊그제
풀섶 쑥부쟁이와 설핏 내통했던
성글게 그을린 가슴
지금도 덥다

짐짓
헛기침 하는 연붉은빛
저 짙은 내색

향원익청香遠益淸

그 향기
오랠수록 더 맑으니

그대

그토록 깊은 울림이여

곡진한 사랑이여

연꽃무늬 수막새

본디 진흙뻘 소생의 연꽃
막새기와로 환생한 지 오래

도무지 눈, 비도 어찌 하지 못한
지문 뭉개진 꽃판에 혼불이 인다

간간이 옛 질척한 그리움 묻어나도
수키와 등줄기 끝자락에 매달린
묵묵한 미소

막새 틈바귀에서 배어나는
사글지 않는 꽃내음은
되레 뭉근하다

잔바람에 쓸리는 연꽃부리
수백 아니, 천 수백 년 째 피어 있다

노랑꽃창포

태서泰西*에서 건너온
입 헤벌린 노란 숫기

뼈대 실한 허우대에 얹혀
몇 날 며칠
고요로운 물소리에 발목을 적신다

긴 실바람
이글대는 햇빛 눈부심
슬며시 가려주고

단오 타는 여인의
너그러운 머릿결
창포 생내음이 가만히 그립다

문득
내 품에 안기는
올림픽공원 들꽃마루

---

*태서 : 이전에, 서양을 이르던 말

싸전 골목

그 앞으로 지나만 가도
시장기가 돌던 시절

참새들이
귀한 좁쌀 한홉가웃은 족히 축내던
장바닥에서 깨끼*와 고봉이란 말을 익혔다

이 세상에서 제일 단 음식은
맨밥이라는 것도…

시장통 왕래가 그만할 때 쯤이면

옆 쇠전거리에서 기어 온 쇠똥구리
잠깐 땀을 삭이다가

맨다리로 고약한 냄새를 떠밀며
오던 길 긁어대는 시늉도 보았다

그 많던 싸전은 다 어디로 갔는지

질러온 세월
뭉클하다

---

*깨끼 : 곡식을 수북이 담지 않고 수평으로 되질하는 방법

증평 대장간

모질기도 하다

성한 살 실컷 두들겨 맞고서야
잠잠해진 쇠붙이들의 수용소

그것도
더 벼리고 담금질할 수록 제 값을 쳐준다는
깐깐한 물건들만 즐비하다

깊은 상처 외마디 울음이 첩첩이 쌓여야만
무엇이 되는
이상한 법칙이 존재하는 공간

호미, 칼, 낫, 쇠스랑, 손괭이…

어느 교수 말대로
아플수록 더 청춘이다

옛적 치도곤治盜棍 형벌이
예서 움 텄는지도 몰라

북어와 쇠붙이는
두드려야 제 맛이 난다고

무쇠들, 시뻘건 용광로 속에서 흐물거리며
최용진 대장장의 무딘 쇠망치를 고대하고 있다

어떤 노을

아리랑고개 너머 정릉골
네모진 하늘이 함석챙에 가려 더 외로운
맞배지붕의 한옥

안방 아랫목에
두팔베개를 하고 옆비스듬히 누웠다

콩댐 비릿한 새 장판에 어머니의 입단내가
젖어 있다

무릎 쪼그린 채
막사발 엎어 초배바닥 문질러 고르고
물에 불린 날콩에 들기름 휘휘 섞어
수도 없이 덧 바르던 가녀린 뒷모습

그랬었지

시월 북악 능선에 불단풍 확 번지고

당신 오시는 날
내, 망극한 축문 지어 올리리라

지금은 서녘으로 저녁 해 빠지는 시간
온 하늘 붉게 적시는 어머니 같은 꽃노을

도도陶陶한 황홀

송이버섯

백두대간
월악 능선

백로白露의 이슬 먹고
샐녘
불끈 기립한 남정
치밀하고 위풍당당한 사내여

간밤
달빛에 비낀 여인의 흰살 체취가
수줍게 묻어있구나

부끄럼 돋은 솔잎에
낯 붉힌 아침

청명한 봉우리들
욱신대는 소리 느끼한
푹 익은 가을

잇꽃

아닐 말로
누가 시앗인 줄도 모르면서
안방 내주는
용해 빠진 엉겅퀴

아랫목 꿰찬
붉노랑 물감 끼얹은 잇 꽃부리
머뭇대는 당신을
벌겋게 물들인다

휘이 쫓은 참새에게도
입술 연지
한번
쿡 묻혀 보낸다

제2부

쇠꽃이 필 때

쇠꽃이 필 때

허름한 임종이었다

곡기를 놓자 장기까지 죄 적출 당한
폐차들의 집단 묘원
삼우제도 다 지나고
그렇게 끝인 줄 알았다

소임 다하고 웅크린 위태로운 능선
주검으로 겹쌓은 비장한 철산은
되레 농도의 고름새가 살아있는 패턴

질감과 형형 색감이 장악한
죽어서 되 핀 쇠꽃 동산이었구나

물큰한 쇳내가 자욱한 유택

참새들이 짓눌린 더미 위에 앉아
꿈틀대는 적막을 쪼고 있다

진천 농다리

영락없는
비늘 돋힌 지네다

등짝 시리도록
긴 세월 업어 나른 돌지네

성난 홍수에도 탈선한 적이 없는
저 위엄…

세금천을 떠받친 돌기둥
스물여덟 어름*에
28수宿가 자라고 있다

하늘을 이고 건너며
돌판에 눌린 천 년 묵은 언어를 엮는다

민가슴패기가 공연히 충혈되고
울컥, 푸른 통증이 낙조에 번진다

---

*어름 : 두 사물의 끝이 맞닿는 자리

장자학개설

황학동 물력시장은
꼭두새벽에 밧줄을 푸는 법이 없다
맘 가는대로 생각 도는대로
여닫음도 제각각이다

재직 중 깜빡 실수로 조기 퇴직했거나
대부분 정년을 한참 넘긴 물건들
손을 봐 내놓는 쪽쪽 볕을 보고
왕년을 향수하는 고객들로 노상 붐빈다

운만 좋으면 횡재도 있으니
벽안의 유객들도 부산하게 뒤적인다
삯이 다소 미흡하지만
주어진대로 분수껏만 받는다

손이 주인이고
주인은 한가로이 손이 되어
남 가게 장기판에 힐끔 간섭하는데

장주가 나비로 날아와
풍만한 바람을 휘이휘이 저으며
수런스런 시장통을 소요한다

이날, 『남화경』이 불타났다는 소문이
장안에 좍 돌았다

화정역

어디에 있는지 굳이 알고 싶지 않다
느려터진 기차가 죄다 쉬었다 가고
역무원들이 가꿔논 조그만 꽃밭에

접시꽃, 해바라기, 코스모스가
낮잠에 빠진 나른한 역

기차가 멀리 사라질 때까지
푸른 깃발을 흔드는 역장의 모자에
밀잠자리가 앉아 졸고 있는
한요로운 정경

그 동네 산다는 시인이
들고양이처럼 몰래
A4용지에다 시 한 줄 써서
딱풀로 붙여놓고 싶었다던 곳

단지 그렇게만 기억하고 싶다

전혀 생뚱맞은
의도를 눈치챘다 해도

복 더위에
연붉은 물봉선화가 신선해 보이는
그런 곳으로만

내소사 솟을빗꽃살문

아침녘 대웅보전

소름 돋은 빗살꽃들이
경련을 한다

조심히

연꽃, 국화들 내세워
볕그림자를 얻는다

어칸문御間門
도톰히 살찐 빗살문에 코 박고
법문 엿듣다가

문풍지에 들켜
된소리 내지르는
서릿바람이 차갑다

모란꽃들이
소리 죽여
볕을 켜고 있다

동행

방
허공을 막아 놓은 칸
빨래방, 쪽방, PC방, 노래방…

여늬 방들 가운데서
유독 노래방을 좋아한다

오만한 가수를 탄생시키는 시간제 셋방
100점을 맞을 수 있는
로또 보다 더 확률이 높은 공간이다

목청이 마루터기에서 뜨겁게 메인다

어스름한 그림자가 기웃하다가
슬그머니 나간 사이

속눈썹에 찔린 곤한 눈
자막 붉드느라 충혈되어 있다

망종芒種

복더위나 진배 없던 엊그제
때죽나무꽃 한 옴큼
보리밭에 뚝 떨어졌다

살가운 바람 부추겨
설여문 여름 마구 들이부었다고
부아가 났나

이삭수염에 찔린 맨낯
하늘이 간지럼 태우는 오후

이른 6월이 까칠까칠하다

기우제

메마른 6월이 쩍쩍 갈라지는
사기막골 텃밭

할아버지 밀짚모자를 쓴
네다섯 살배기 손주아이가
장난감 물뿌리개로 물을 준다

참새 오줌 지리듯 미적지근한 물
찔끔찔끔 받아먹던 골난 밭이랑
간에 기별도 없지만 그냥 헛웃음 지어준다

잘 차려 입은 남정들이
엔간히 좋은 차를 타고
설 다져진 밭뚝길을 쌩하니 내달린다

싯누런 흙먼지가 뽀얗게 날아와
축 늘어진 상추 이파리에 켜켜이 눕는다

하늘에 무슨 죄를 얻었는지*
설령 그렇다손 치더라도

노한 하늘에다
큼지막한 붓으로 비떼雨群라 그려 놓고
우신雨神에게 빌기라도 해야겠다

---

*하늘에 죄를 지으면 빌 데가 없다. 〈논어〉

울릉 동백

어쩌지
저 붉은 미소를

바다 너머 울릉에서 씨앗으로 건너와
십 년을 화분에 터 잡고 살다가
꽃피운 너

서른 해
남정의 혼 엔간히 어지럽힌
우아한 숨막힘 기꺼웠는데
뭐가 어떻길래
그만 수를 버리려 하는가

진주혼 구실 삼아
내
아호 하나 지어주면 되겠는가

아윤당雅贇堂

'겸손하고 아릿다운'
당호 하나 받은김에
그냥
불끈 일어서려무나

숭어떼

울산 태화강

진도 5.1 낌새에
수만 마리 숭어떼가
한줄로 틈새 메우며 대이동을 감행했다

살붙이들 끼리 부벼대며
살 곳을 찾아 어디론 떠났다
징조를 알아차린 물고기들의 놀라운 예감

그 뒤 어찌되었을까

추석 명절
귀성열차 승차권을 예매한다는 안내가
방금
문자로 떴다

깨꽃

좀 더 바싹 다가섰다
도톰한 꽃살에 가만히 손을 얹었다
새가 울어도 좀체 내색치 않던
연자줏 꽃덜미가 가늘게 흔들린다
날잎내도 풋풋하다

본능이긴 하지만
여간 노골적인 수작이 아니다
성묘 다녀오는 길에
솜털 보송한 입시울 좀 만졌기로서니

깨꽃내음 한 옴큼 묻힌 채
이랑으로 스미는 식은 바람 움켜 안고
굳이 나를 따라오겠다니,

저녁은 파해가고
추녀마루 어처구니도
입 다문지 오랜데

유세차
— 합사合祀로 모시는 날

유세차 칠월 열 하루

아리잠직한
돌곶이댁 할머니

효손孝孫에게
맑은술 한 잔 받아 자시고는
조깃대가리를 맛있게 발라 드십니다

어두일미여

어찌 어두가 일미겠는지요
불초 손자는 할머님 부러 하신 말씀을
곧이곧대로 믿었었지요

작달막한 몸매에 아담, 음전하시고
여자 자질들을 모아 놓고
『옥루몽』 낭낭하게 낭송하시던

조비祖妣여, 그대여

합사 젯날
초헌잔 올리며

송구하고
영원토록 사모함을 이길 수 없어
곡진한 축문 지어 올립니다

글밭 저 너머에서
뻐꾸기도 울고 있습니다

흠향하소서

창경궁 돌담

춘당지에 박힌 초록 그림자
봄물 한참 오르고

명정전 처마 끝동에 매달린 어처구니들
입천장이 다 보이도록 하하 웃는다

한참을 걸었는데
돌담은 그 자리에 줄곧 서 있다

레뒤갸르송 카페 *

엑상프로방스,

오래 뼈물러 예까지 왔다
카페 에스프레소를 시켰다

은은한 향, 침전된 시간을 읽는 동안
잘 여문 햇살이 찻잔 위에서 졸고 있다

흑인 갸르송이 놓고 간 계산서 접시 위에
설핏 연보랏빛 라벤더 내음

강렬한 묵언 한잔

---

* **레뒤갸르송 카페** Les Deux Garçons Café : 남프랑스 엑상프로방스의
미라보 거리에 1792년에 문을 연 유서 깊은 카페. 폴 세잔과 에밀 졸라가
이 카페와 연고가 깊다.

설적雪跡

동안거에 든
산말랭이길

동살 먹은
눈백설기에

꾹꾹 속고명 박는
묵언의 발자국

윗세오름

어리목
큰 눈바람 섞어친 날
봄을 일구던 3월이
하얗게 부신 설산이 미웠던지

오름 언덕바지에서
괜한 골을 부린다
내가 메긴 '야호~'를
된바람으로 받는다

저기
숫눈꽃 앞에서
봄기 머금은 여인의 입시울
파르르 떤다

봄덧

육효점이라도 쳐볼 걸 그랬나

한강물이 추위를 먹었는지
여러날 째 미동도 없다

마냥 누워만 있으니
꼴도 말이 아니다

갓 얼음에 손을 얹어 보았다
오한에다 미열이 있다

그래, 기다

영하 18도에 얼비치는 강,
저도 모르는 새

이 설한에
봄덧을 하고 있었다

열흘 남짓이면
허물어질 저 너른 빙하에
봄기가 확 번지겠다

겨울 대숲

— 유병조* 사제司祭를 그리며

하늘이 차다
아니 맵다

누구에게도 줄 수 없어
쟁여둔 미련 다 떨궈 내고
곧추 서 보아도
이제는 곱아버린 목울음이 되었다

메마른 슬픔이 앉았다 간 자리에
매양 서성이는 달무리
물기 묻은 구름 테를 두른다

아무리 감춰도 시린 바람 달려와
아린 가슴 자꾸 헤집는다
검은 대숲으로 스며오는
눈 삭은 겨울

부서진 기억들을 꿰맞추며

그리움을 구우면 봄이 올까

기다리고 더 버티면

바람이 잘까

---

* **유병조**(1954~2015) : 신부. 육군 군종병과장(대령)을 마친 뒤,
천주교 청주교구 내수성당 주임신부로 사목 중 불의의 사고로 선종

제3부

하지감자꽃

하지감자꽃

육법전서에도 없는
꽃모가지 끊는 천형
진한 보랏 눈물
뚝
뚝…

죄목도 모르는 못다핀 꽃들에게
판관은 알듯말듯한 경전 한 구절을 들이민다

살신성인

한 입 꽉 찬 감자톨이 증거로 제시 되고
토실한 벌거숭이들도 주렁주렁 매달린 채
제2증거물로 채택되었다

기꺼이 잘리우는 순명
죽어야 불끈 솟는 씨톨

해가 뉘엿해진 경포가

아린 바닷바람을 대관령 쪽으로

연신 밀어 올린다

비 젖는 개심사

곡우도 지나갔고
수선화도 지는데

횅한 곳 풀내음이 채워 가고
구름 묻힌 하늘이 봄비를 내린다

대웅전을 비껴가는 여인
아미타 부처님이 살며시 불러
마음을 열어 주는데

요사채 뒤꼍
함빡 젖은 연둣빛 왕벚꽃이 많이 수줍다

상춘의 객들을 애먹이던 산비山雨도
숨죽여 멎는다

무량수각 팔작지붕 위로
벌어진 하늘이 환하다

황산도

강화 초지리에 햇봄이 자욱하다

깊게 파인 S자 갯골로
푹한 바람 드나들고

겨울을 물고 가출한 뭇게들이
겨우내 묻힌 개흙 비벼 털며
언 집게다리를 녹인다

3월이 내려 앉은 뻘
이, 저구석에서
대놓고 짓는 뜨거운 밀회

수란스런 황산도에서
지긋한 시선을 거두는 그믐 낮달

밤새 곤한 고랑물이 흥건한 게거품을 쓸고 훔쳐
서해로 느긋하게 들고 있다

종부宗婦

지금
석촌호숫가에는
꽃이삭 너울대는 갯버들이
여린 봄을 깨우고 있습니다

이맘때
봉제사 모시느라

암키와 곱게 빻아
볏지푸라기에 묻혀 닦으시던
놋제기에

덕지덕지 묻은 기왓개미 얼룩이
되레 그리운 꽃이 되어
성근 나를 깨우고 있습니다

오랜 세월
깊이 사무쳐 곰삭은 이름

어머니

당신을 만나고 싶으면
남겨 주신 놋그릇에
푸른 녹청이 슬어주기를
기다릴 수밖에 없겠지요

여문 봄
한 줌 찧어 넣고

단천정사에 앉아

— 소서 무렵

분합문을 열었다

아침 부터 물퀴대는 날씨가
아무래도 수상하다

작은 더위 여물리는 열기가
웃거름 곤혹스런 내음을 훅 내뱉고

엊그제 장맛비에 벌레 소리 쓸려 보낸
습한 밭 숲에서
멀대 같은 옥수숫대들이 공연히 서걱댄다

쑥대머리 헝클어진 수염들도
뒤엉켜 너울거린다

윗단내 서당골
물큰한 더위 덜어내는 글소리

그 틈새로

녈비* 한줄금 세차게 스쳐간다

***녈비** : 지나가는 비

된더위

사람이 좋다 보면
모기까지 함부로 덤벼든다
기승 떠는 월복越伏 더위

벌건 불장작을 지펴
미친 듯 달궈진 하늘에
얼음이 타죽고
바람도 바싹 익는다

논에서는
입추 말복에 잡나락 패듯
몸 풀 올벼 이삭이 결을 맞추느라 부산하다

새벽미사 보는 중에 난데없이
낡삭은 헛기침 큼, 큼~
성당 파하고 나오는데 신부님이 묻는다
올해 몇이세요?
물을 많이 드세요

하나마나한 소린데도

울컥 휘감기는

어떤 느낌

만추

이 철에
떼지어 추락하는 소리가 있다

명줄 놓고 어지러이 너즈러진 피붙이들
허허 들판에 첩첩이 누워 멍진 울음 쏟아낸다

누가 제 핏줄 모질게 이별하는 노래를 가르쳤을까

붉은가을 축낸 죗값을 치르는지
성그러운 비가 이삼일 사이로 땟국 눈물을 찔끔거린다

휑한 바람에 여린 나무들 소캐바지 챙기고
초겨울
문 성큼 열고 늦갈에 들어설 채비다

다문 옷깃 사이로 후벼드는 한기寒氣
엷은 햇살 앞세워 버텨보는
쇠어버린 가을

앙코르, 저 미소

밤이 잠든 사이

허공을 휘젓고 달려온
후덥지근한 새벽
타오르는 햇귀*에 벌건 가슴 벌렁댄다

남북 140 동서 160m 바이욘 사원
관음보살의 그윽한 미소
어림으로 해석해 본다

따스한 그 품에 손을 넣으면
완강한 서녘문이 사르르 열리겠지

길잡이꾼 해가
두 번 경력의 이방인을 제쳐둔 채,
더운 바람 켜며
연등의 아스라 한 꽃빛 속으로 들어간다

---
*햇귀 : 막 떠오른 아침 해의 첫 빛

경계 · 1

— 백로白露 또는 백로白鷺

이른 9월이 쏟아진다

운무 가신 날
낮밤의 경계에 선 애저녁은
어느쪽으로 더 기울고 싶을까

잠시 갈등으로 주저하는 동안
수치의 맺음법을 들춰본다

이상과 이하는 앞의 것을 포함한다
그럼 이전과 이후는 뭔가

백로가 둥지를 틀었던 들숲
가을 이삭 여무는 두렁을 끼고
흰 이슬이 슬며시 내리고 있다

둑길을 걸었다

짝 따라 떠난 게 언젠데
아직도 따순 깃털이 흩어져 뒹군다
백로는 그때 어느쪽에 더 무게를 두었을까

박피剝皮한 시간 위에
이전과 이후를 이슬로 뭉뚱그린
처서와 추분 사이

경계 · 2
— 추분을 지나며

섭씨 36도
명줄이 쇠귀신 보다도 더 질겼던 삼복

어제 그제의
소나기 몇 줄금에 경계가 곤두섰다

때를 놓쳐버린 매미가
울음을 삭이고
불꽃 도리다 만 의젓한 들녘은
떫은 풋가을을 주워 담는다

안골댁 할머니가
잘 여문 햇볕만 뚝뚝 끊어
멍석에 널고 있다

예정일이 다가오는 햇나락
만삭의 과체중으로 푹 꼬부라졌다

나풍裸風
— 화순 송석정에 앉아

구름이 동강났다
웃날이었다가
웃날이 들다가
먹구름 골짜구니에서
바람, 맨살로 뒹굴다가 더위 먹고 꺽꺽거렸다

벌어진 나절 위로 불쑥 돋은 글귀 '대서大暑'

정월에 내다 판 더위가 되돌아와
붉은 잇꽃을 피운다

우물마루 어둑한 틈바구니로 스미는
지석천 민바람에 놀라
낮새껏 정자에 쏟아지던 열불이 헝클어 진다

큰더위 문질러 내는 방법은
아무래도 세 복을 죄다 놓아주는 길 밖에 없겠다
낼모레가 초복이다

입동 전후

상강 된서리에 소스라친
11월 어귀

남양빌라 쇠울타리에 매달린
검버섯 핀 장미 두어 송이
곡기를 끊은지 한참 되었다

속눈섭 섬뜩 스치는 벼락바람에
눈물이 닳아 저미는 통증이
쓰라리다

눈을 감았다

살붙이를 놓쳐버린 황량한 벌판
버릴 데도 없는 고독이 누워있다

깊은 갈

저만큼
흩날리는 햇살 그러모으고

구두수선집 아저씨가
곤먼지 앉은 석유난로에
히죽 불꽃 심지를 돋군다

서릿가을 갈피에 스며든
엷은 볕 한 줌
나지막한 빛발

테킬라

손등에다 왕소금 몇 알갱이 올려 핥고
테킬라 한 모금 넘겼다

카리브해 파도가 울고
뙤약볕 켜켜이 칸쿤을 희롱한다

눈 시리도록 푸른내 나는 용설란
아가베

마야의 슬픈 숨결 찧어
연노란 열꽃 틔우고

오랜 눈물 가득 축여
하늘 땅에 바른다

긴밤 든 열 길 물속
덥다

하지

마른 못논에
장작불 지펴대는 6월

오밤중에 배가 시려
발고락으로 홑이불을 끌어 당겼다

선풍기도 예약시간을 멈춘 지 오래
왱왱대는 모기의 기 성찬 소리
등에서 식은땀이 한소끔 흐른다

동대문 포목전에서 개평으로 얻은
막베 베갯잇에 뒷목이 슬근거린다

내일이 수릿날인데
아내가 감자타령이 없는 걸 보면

파삭한 햇감자로 부쳐내는 아린 전 맛
글피가 하지라는 걸 알고 있을까 몰라

낱말의 특허출원 · 2

하재에 또 만납시다요
이게 뭔 소린가 하면
내일 또 만나자는거여
하재輶載가 내일이라는 뜻이랴

친구와 밥먹는 자리에서 무심코 튀어 나온 말인데
불과 50~60년대까지만 해도
서울사람들이 썼다는 토박이 말이라는구면

나중에야 안 일이지만
輶載는 원래 할재라 읽어야 하잖여
그런데 송나라 때는 輶을 중국말로 하로 발음 해
하재라 써 왔다고 증거한 이는 국문학계의 원로 학자
진태하 선생

고려시대 개성을 중심으로 썼던
순 우리말의 낱말의 뜻을 밝혀낸 큰 일이지

『계림유사』를 쓴 북송의 손목이 개성을 다녀갈 때
당시 고려사람들이 쓰던 낱말들을 수집해 갔다는데
하재를 한자음 轄載로 적었다는 얘기여

하재에 만나… 아주 정겹네
낱말은 특허출원이 없는감

나목

지난 밤

바람비가 명륜당 너른 마당에다
은행잎을 수북이 떨궈뜨렸다

어리석은 촌부
늙은 고목에게서
살아가는 지혜를 또 한 수 얻는다

이 늦가을에

눈내리는 봉은사

늦은 2월

활짝 핀 옥설이
너른 경내에 알몸으로 눕는다
사연 모를 미소가
너불너불 춤을 춘다

미륵전 옆 노송은 제대로 눈을 뜨지 못하고

다래헌으로 오르는 스님
베 가사 목깃 속으로 후벼드는
눈꽃 떨기에 흠칫 소스라치는데

미륵 큰부처님은
맨 눈을 다 맞고도 빙긋이 웃기만 하신다

풍경은 자꾸 우는데
싱긋이 웃기만 하신다

미로

차라리
모기 속눈썹을 세는 게 빠르겠다

페스Fes
메디나 좁은 샛길
가죽 염색공장 가는 길

골목이 골목을 숱하게 생산한
영락 없는 실핏줄
8천 9백 개의 세포분열이다

온나절 내내
갈피진 바람을 데리고
고샅고샅 족보를 심층 분석했다

참을 수 없는 치명적인 악취가
무어인들을 먹여 살렸다

슬픔이 전혀 슬프지 않은
피 더운 길
수 천년 묵은 사하라 따가운 햇살도
무두질*로 뭉크러진 섞갈리는 미로

---

*무두질 : 짐승 가죽에서 털과 기름을 뽑고 가죽을 부드럽게 다루는 일

제4부

애기사과나무 분재

애기사과나무 분재

무슨 죄를 얻었는지
여태껏 들어본 적이 없다

다 큰 것 데려다가 철사로 결박한 채
주리를 틀어대던 남정의 입가에
야릇한 미소가 아렴풋 스쳐갔을 뿐

생살 파열하는 아픔에도
통성痛聲할 기력도 없었다

골수에 맺힌 통한 다 묻어버리고
가슴 풀어 젖힌 채
고분고분 체념한지도 오래…

설늙은이 그럭저럭
비석팔자碑石八字*로 살다 마는건데

그래도

삼신할미가 애처롭게 여겨
염소똥 같은 새끼들을
올망졸망 달아 주었다

후터분한 바람 맞으며
저들끼리 한여름을 깨문다

***비석팔자** : 생전에 벼슬하지 않은 사람의 아내 묘비명을 비유적으로 이르는 말

늦가을

시월이 오던 날

낮참 막걸리 두어 모금에
서편골 과수밭이 시붉어졌다

서리 내리기 전에
늙은 햇살 축내어
서둘러 이슬을 터는 벌밭

물미로 시집간 막냇고모 횃댓보에서
십자 쌍학이 사물거리던
요맘때 쯤

음성천 강물에 덩그마니 누운 산
햇 감국 시주詩酒 한잔 걸치고
거나해졌다

강물이 술렁거린다

삼전도비

한겨울이 소리내어 운다

언 바닥에 아홉 번 머리 찧어
선혈 맺힌 통한…

한강 바람이 돌비석 행간을 열고
목메인 오열 다독이지만
삼백 여든 해 삼전나루에 갇혀
가위 눌린 비분 복받친다

봄싹 깨어나는 석촌호반

맨바닥에 엎드렸던 역사가
벌떡 일어서는 남한산성

몽촌토성 가는 길

묵은 감나무 한 그루
밑동에 볏짚 붕대를 감고 있다

까치밥이랍시고 쪼그라든 가슴 거멓고
골다공증에 삭신이 저린 듯
마른 가지에 매달려 사나운 겨울을 버틴다

수도 없이 쪼인 부릿자국
오만 잡티 투성이다

저 쭉정이 젖무덤에도
한 때는 꽤나 많은 유즙이 고이고
맑은 살 도도록한 봉오리였겠지

굵은 솔장대기에 기댄 채
멀거니 떨어지는 눈물 세며
여린 볕을 자꾸 동여맨다

거무틱한 묵언 둘러메고 오르는

겨울 토성

선자령 개쑥부쟁이

—상강 전후

해발 1,157미터
느려터진 풍차의
날갯바람 간지러워
가냘픈 고개는 절레절레 흔들리고

구름이 비켜준 하늘

풍만한 빛살로 다진
개쑥 내음이 덩달아 술렁인다

강릉바우길은
종일 내내 불긋한 산객들로 들썩였다

철기氣에는 샛길이 없는지

무서리 맞은 쑥부쟁이가
짜른 약藥볕 한데 몰아
상강 마루턱을 힘겹게 넘어간다

격렬비열도 格列飛列島

백년 묵은 동백이 떨군
붉은 눈물
그 고적한 독백 건져 다독인
태곳적 세 섬이

속세의 망상을 이고
푸른 하늘을 가른다
잔 섬들도 열 지어 따른다

칼새 삼각 편대가
한숨 비낀 고도 위에 수 놓은
흑갈의 비행운
흩어지는 긴 고독

격렬한 절벽의 울음으로 칠렁이는 절해는
비산하는 바닷새 아우성을
살포근히 보듬는다

생각보다 가까이

퍽 오래 전에 페페 신부가 그랬다
삶은 두루마리 화장지 같아서
끝으로 갈수록 더욱 빨리 사라진다고

작은설이 멀었는 줄 알았는데
새 땅김이 어느새
12월 초입에서 스멀대고

명색이 대설이라고
싸라기눈 네댓 알갱이 떨어뜨리고
봄을 묻어둔 언 밭은 틈이 벌어지고 있다

허리춤도 못되는 남천 무더기
초경 비친 붉은 열매들 따독이며
마른 겨울을 버틴다

새알 품은 동지가 어느새 코 앞이다

겨울 신원사

계룡산 남쪽 기슭
고묵은 절

중악단中嶽壇
감나무 까치밥에
송글송글 매달린 눈물방울

돌담 스쳐가던 바람 한 자락이
얼른 훔쳐준다

부처님 따시라고 대웅전에
열은 볕살 길게 펴 놓고
마짓밥 서두르는 보살의 살짝 미소를 보았다

푹 삭은 고요

겨울을 밴 고적한 산사는
지금 동안거 중이다

엊그제

백양사 쌍계루가
물안개로 자욱하다

며칠 도리로
백암산을 힘겹게 넘어온 단풍들이
이 곳에 다 집결해 있다

붉은 무게를 달아보니
애기단풍이 제일 근이 나갔다

올긋붉긋 행락들의 단풍서리
왁자지껄

얼릉 찍어 차 떠난디야
한번 더
동치미…

버스럭거리는 나뭇잎들

등산화 바닥에 묻혀 보내고
거지반 해진 가을도 주춤주춤 멀어지고 있다

V자를 흔들며

절에서 색소폰 부는 수녀

고창 선운사
들썩이는 도솔산 단풍철

가을을 남기고 떠난 사랑
겨울은 아직 멀리 있는데…

야고보의집 원장수녀의
테너 색소폰 선율이
붉은 오후를 지그시 휘감는다

독거노인을 위한 자선 모금
작은음악회가 열린
깊은 산사

가슴 저미는 흐느낌
풍경 소리 포개어 일궈 내는
붓다와 기독의 한어울림

살얼음 비껴간 산국향에

대충 취했던

소설小雪, 어제

니스, 10월의 밤

지중해 쪽빛 해변

흰 낮 뜨거웠던 숨결 접고
몽돌 쓸리는 소리 보듬는 밤바다

한 줌 달빛
저 아귀찬 유혹에
내 묵는 곳을 그만 일러주고 말았다

르와르강*

강물에 손 적시며
가만한 말로 물었다
날 알아보겠냐고

대답이 없다
45년 만에 찾아온 손
멋쩍게시리…

앙부와즈성이 물 위에 길게 누워
고즈넉한 여수를 일구는 연강戀江

내 안다
괜한 침묵인 줄

*Leoire강 : 프랑스에서 가장 긴 강 중의 하나. 중부 산악지대에서 발원,
서쪽으로 가로 질러 낭뜨 부근의 대서양으로 흘러간다. 총 길이 1,010km의
강을 곁에 끼고 중세의 수많은 고성들이 아름다운 자연과 어우러져
장관을 이룬다.

개불알꽃

난생 처음

어쩌면 다시는
입에 담지 않을 이름

개고 불알이고
너를 만나
가슴이 두근거렸다는 김창진 시인이나

아름다운 개불알
창씨개명이라도 해주고 싶다는 문효치 시인의
뒤꿈치도 못따르는 서생이

낯 붉히며
나지막이 불러보는 이름

개불알꽃

첫눈

간밤을 뜬눈으로 보냈습니다
그래도 선은 넘지 않았습니다

깊이 드리운 정적 속에
깜빡 잠이 든 굴곡 능선

모르는 새
무슨 사연이 머물다 갔는지
하얗게 붉힌 새벽녘

누워 있는
젖은 바람 밟고
밤새껏 두둑이 쏟아진 흰꽃들이

음전하게 쌓이고
그저 쌓였습니다
기척도 없이

겨울이 헝클어진다

통영 사량도蛇梁島

뱀 등짝을 타고 온 겨울 파도가
뱃머리에 부딪혀 잘게 이지러진다
머플러를 날리며 한 여인이
일렁이는 뱃전에서 윗섬을 스케치 한다

작은 화폭 속을
파도 소리가 휘젓는다

가벼이 왜곡시킨 옥녀봉
강렬한 터치
그리고
봄씨를 가둔 의도된 여백…

절벽에 핀 동백을 어루만지던 바람이
쪽빛 물살을 결 고르게 저민다
푸르께한 살점이 따스하다

갈데없는 봄이다

극기봉례

아주 오래전 일이다
학부 기말고사에
인仁에 대하여 쓰라는 문제를 주었다

30여 명의 학생들이 망연한 표정으로
연필만 굴리고 있는데
한 여학생이 몇자 끄적이더니
10여 분도 채 안되어 시험지를 내고 나간다

흠, 분명 이름만 써놓고 간게야
지레 짐작하고 힐끔 답안지를 들여다 보았다

극기봉례…

그러면 그렇지
극기복례克己復禮를 봉례라니

그런데, 그게 아니었다
극기봉례 옆에 얌전한 글씨로 '克己奉禮'라
한자까지 달아놓은 게 아닌가

아, 이 학생은 이미 나를 뛰어 넘어
공자와 대화하고 있었구나
자신을 버리고 천명을 받드는 사랑

돌아간다를 받든다로 해석한 재원,
그는 지금 어느 국립대학교의 중진 교수다
이런 경우를 두고 중니는 후생가외後生可畏*라 했지

70편 얼기설기 앉혀 놓은 글들이
조금은 대접을 받을지, 시답잖은 시라 치부될지
질정이 조심된다

---

*후생가외 : 후학들을 두려워해야 한다. 〈논어〉

해설

절기의 색과 질감, 아름답고 나직한 가락

절기의 색과 질감, 아름답고 나직한 가락

마경덕(시인)

류병구 시인에게는 자신만의 특별한 색色이 있다. 시詩의 채도와 명도는 맑고 밝지만 촉감은 소박한 무명의 질감이다. 목화로 빚은 천연소재인 시편들은 독자의 마음을 잘 흡수하는 성정性情을 지니고 있다. 절기마다 색이 다르듯 황토색이나 풋감 즙에 물든 감물 색, 또는 물푸레의 따뜻한 회색, 쪽나무의 푸른 쪽빛을 띠고 있다. 채도가 높은 순색처럼 메시지가 선명한 색채는 스미어 오래 남는다. 겉모습만 요란하고 알맹이가 빠진 시에 시달려온 눈이 모처럼 후련하다. 무엇보다 묵은 소재를 새것으로 환기시킨 시인의 빼어난 필법筆法이 한몫을 했다. 전통 서정의 나직한 가락이 오래 여운으로 남는 두 번 째 시집 『쇠꽃이 필 때』는 장삼이사의 실제 '삶'과 잇대어 있다. 우리가 무심히 지나친 것들을 시인은 어루만지고 끌어안는다. 북촌의 어느 골목을 따라가다 발을 멈추듯 책장을 덮고 잠시 생각에 잠겨야할 지도 모른다. 그리움이란 눈깔사탕 같은 것이어서 천천히 입안에서 굴려야한다. 시간을 거슬러 오르는 여정은 가슴이 아려 눈을 감아야하는 것이다.

하지만 단순히 감정만으로는 시가 되지 않는다. 방심하면 시는 채도가 낮은 무채색이 되어버린다. 모든 시인에게 매너리즘은 경계 대상이다. 익숙함에 길들여져 잠재된 창의성이 무너지고 있지 않는가? 시인은 자신에게 질문을 던져야한다. 인간은 누구나 현상 유지의 편향이 있지만 그런 안일함이 창의성을 저해한다. 창의적인 생각을 정교하게 언어로 다듬어 최종적인 결과물을 얻어내야 하는 창작의 고통도 따른다. 모든 시인에게는 '창작'이라는 내재적 동기로 인해 시적 에너지가 발동하고 은유 metaphor가 태어난다. '은유의 재료'들이 되는 추상적 사고와 창의성은 유추에 대한 끊임없는 훈련으로 이루어진다. 독창적이고 도발적인 무언가를 찾기 위해 시인은 그 너머의 것, 안 보이는 대상까지 추리하고 상상한다.

창의적인 인재로 주목받는 사람들은 어린 시절 많은 시를 읽고 추상적인 관념을 그림이나 구체적인 언어로 자유롭게 표현하는 다양한 연습을 거쳤다고 한다. 그림이나 독서를 통해 막연한 개념을 이해할 수 있는 사고능력이 길러지고 이때 축적된 사고능

력은 성인기에 놀라운 힘을 발휘한다는 것인데, 창의적 발명으로 인류의 역사에 두각을 나타낸 인물들은 대부분 어린 시절에 이러한 경험이 많았다고 한다. 은유의 연습을 할 수 있는 유일한 시기가 바로 아동기이다. 은유가 많이 포함된 문장을 읽을수록 뇌의 활동이 활발하다는데 타인의 시선에 규제를 받는 성인에게는 이런 시간이 주어지지 않는다는 것이다.

개인의 창의성은 주변 사람들과 분위기, 환경에 적잖은 영향을 받는다. 류병구 시인의 내면적 성찰에는 할아버지와 아버지의 가르침이 컸다. '충북의 삼대 학자' 가운데 한 사람으로 불리었던 할아버지 낭곡琅谷공은 공무원으로 이곳저곳 전근을 다니던 아들을 대신하여 어린 손자를 가르쳤는데 '예의염치'를 아는 분명한 인간이 되도록 각별한 관심과 노력을 기울였다고 한다. 할아버지 앞에서 붓글씨를 배우며 미리 써 놓은 율곡의 시 체본에 따라 구양순체로 한 자 한 자 닥종이를 메워나간 어린 시절부터 시를 접할 수가 있었다. 아버지의 훈도가 미치는 영향도 적지 않았다. 곧되 온화하고, 강직하되 오만하지 않은 성품을 지닌 아버지 또한 시인에게는 종교였고, 자식을 사람으로 만든 스승이셨다. 시인은 초등학교 4학년 때 할아버지 앞에서 썼던 글씨를 지금도 소중히 간직하고 후학을 가르칠 때마다 건전한 정서 함양을 위해 교육 자료로 활용하고 있다.

독서를 통해 향상된 사고의 질質은 다른 분야에 속한 지식을 서로 연결하는 힘이 있다. 타 분야의 기존 지식까지 찾아낼 수 있다는 것이다. 기업의 많은 CEO들이 이른 아침 인문학 특강을 듣고, 논리보다는 외부의 자극을 받아들이는 감수성이나 정서의 힘을 빌려 어떤 일에 중대한 결정을 내리는 것도 이런 이유일 것이다. 류병구 시인이 시에 접근한 동기 역시 일찍이 체험한 교육적인 환경과 '긍정적 정서'의 영향이 작용하지 않았을까.

시인은 잊혀져가는 토속적인 풍습, 고유의 순우리말과 계절의 표준이 되는 절기節氣, 전통 등을 현시대와 접목한다. 우리말을 맛깔스럽게 재구성한 류병구 시인의 시편들은 훼손된 이 시대의 정서를 복원시키는 '마중물' 역할을 톡톡히 하고 있다. 익숙하고 예스러운 소재를 외려 '새로운' 것으로 지어낸 솜씨는 대상과 대상의 숨결을 자연스럽게 이어주는 빼어난 '언어 직조력' 때문이다. 류병구 시인은 상상력을 동반한 확산적 사고로 천편일률적인 '기존의 상식'에서 탈피하려는 노력을 아끼지 않았다. 참신한 언어를 구사하며 균형 잡힌 미학으로 새로운 시정詩情을 획득한 것이다.

모질기도 하다

성한 살 실컷 두들겨 맞고서야
잠잠해진 쇠붙이들의 수용소

그것도

더 벼리고 담금질할 수록 제값을 쳐준다는
깐깐한 물건들만 즐비하다

깊은 상처 외마디 울음이 첩첩이 쌓여야만
무엇이 되는
이상한 법칙이 존재하는 공간

호미, 칼, 낫, 쇠스랑, 손괭이…

어느 교수 말대로
아플수록 더 청춘이다

옛적 치도곤治盜棍 형벌이
예서 움 텄는지도 몰라

북어와 쇠붙이는
두드려야 제 맛이 난다고

무쇠들, 시뻘건 용광로 속에서 흐물거리며
최용진 대장장의 무딘 쇠망치를 고대하고 있다

― 「증평 대장간」 전문

모질다는 말은 '마음씨가 몹시 매섭고 독하거나 기세가 매섭고 사납다'는 것이다. 여기서 '모질다'는 '때리는' 자와 '맞는' 대상이 모두 포함되어 중의적으로 읽힌다. 단단한 쇠붙이는 맞아도 끄떡없고 단단한 그것을 벼리기 위해 대장장이는 사나운 기세를 멈출 수가 없는 것이다. 뜨겁게 달궈져 물리적인 힘에 변형이 될 때까지 벼림망치에 맞아야하는 시우쇠, 무쇠인들 아프지 않을까 하여 시인은 쇠붙이를 '살'로 표현했다. 대장간은 두들겨 맞고서야 잠잠해진 '쇠붙이들의 수용소'이다. 담금질할 수록 제값을 쳐준다는 울음이 첩첩이 쌓인 '이상한 법칙'이 존재하는 공간인 것이다. 시인은 옛적 치도곤治盜棍 형벌을 이곳에서 보았다. 도적을 다스리는 곤장이라는 뜻을 가진 치도곤은 조선시대의 대표적인 형벌이다. 나무형틀에 사지를 묶고 바지를 벗겨 볼기를 치면 곤장에 살점이 묻어나 목숨을 보장하기가 어려운 중벌이었다. 이 역시 모진 형벌이다. 용광로 같은 화덕에 몇 번이나 들락거리며 더 모질어지는 쇠붙이도 중벌을 받고 있다.

　주변에서 흔히 보던 옛것들이 사라지고 시대의 흐름에 따라 기계로 제작된 연장들이 쏟아진다. 직접 손으로 연장을 만들던 대장간은 쇠락했지만 아직도 '증평 대장간'에는 쇠의 성질, 쇠의 마음을 알고 있는 장인이 있다. 우리나라 최초 노동부가 지정한 전통 기능 전승자 최용진 씨다. 충북 증평군에 있는 「증평 대장간」은 시간을 거슬러 보여주는 '추억의 장소'이다. 그곳에선 우리의 기억 속에 남아있는 '그리움'까지 제작하고 있는 것이다. 아

래 예시 「연꽃무늬 수막새」에서도 시다운 시의 맛을 유감없이
보여준다.

본디 진흙뻘 소생의 연꽃
막새기와로 환생한 지 오래

도무지 눈, 비도 어찌하지 못한
지문 뭉개진 꽃판에 혼불이 인다

간간이 옛 질척한 그리움 묻어나도
수키와 등줄기 끝자락에 매달린
묵묵한 미소

막새 틈바귀에서 배어나는
사글지 않는 꽃 내음은
되레 뭉근하다

잔바람에 쓸리는 연꽃부리
수백 아니, 천 수백 년 째 피어 있다

— 「연꽃무늬 수막새」 전문

시간의 나이를 누가 헤아리는가. '수백, 수천 년'의 시간이 저

기왓골 끝에 매달려 아직 시퍼렇게 눈을 뜨고 있다. 시인은 조금씩 지문이 사라져가는 시간의 꼬리를 붙잡고 '지붕에 핀 연꽃'을 바라보는 중이다. 오랜 시간 눈비에 조금씩 지워진 꽃판에 핀 '혼불'을 보았다. 사람이 죽기 얼마 전 몸에서 빠져나간다는 '혼불'은 사람의 혼을 이루는 바탕, 즉 영혼이라 아무나 볼 수 없다. '연꽃무늬 수막새'는 어느 장인의 '혼'이 담긴 작품이다. 시인은 장인의 열정이 담긴 수막새에서 수천 년이 지나도 꺼지지 않는 그 '혼'을 '시인의 눈으로' 만난 것이다.

흔히 와당瓦當이라고 불리는 수막새는 목조건축 지붕에서 볼 수 있는데 점토를 일정한 형태로 틀에서 뜬 다음 구워서 지붕을 덮는데 사용한다. 수키와 끝에 달린 무늬가 새겨진 둥글게 모양을 낸 부분인데 그 시대의 문화에 따라 형태미에서 차이가 난다. 신라는 투박하고 넓적한 저부조의 형태였다가 통일직후부터 섬세하고 화려한 연꽃무늬가 기와에 등장하게 되었다고 한다. "수키와 등줄기 끝자락에 매달린/묵묵한 미소/막새 틈바귀에서 배어나는/사글지 않는 꽃 내음"은 되레 뭉근하다고 한다. 제자리를 지키며 묵묵히 뭉근하게 버틴 세월이 아직도 지지 않고 피어 있다. 이렇듯 류병구 시인은 현재 속에 존재하는 과거를 통해 잃어버린 근원根源을 탐색하며 삶의 진정한 '가치'에 대해 묻고 있다. 「연꽃무늬 수막새」는 시간의 지평에 과거와 현재를 열거하며 '섣부르고 조급한' 현시대가 추구하는 것들이 무엇인지 돌아보게 하는 작품이다. 여러 시편에서도 시인이 추구하는 이미지를 발견할 수 있다.

아리랑고개 너머 정릉골
네모진 하늘이 함석챙에 가려 더 외로운
맞배지붕의 한옥

안방 아랫목에
두팔베개를 하고 옆비스듬히 누웠다

콩댐 비릿한 새 장판에 어머니의 입단내가
젖어 있다

무릎 쪼그린 채
막사발 엎어 초배바닥 문질러 고르고
물에 불린 날콩에 들기름 휘휘 섞어
수도 없이 덧바르던 가녀린 뒷모습

그랬었지

시월 북악 능선에 불단풍 확 번지고
당신 오시는 날
내, 망극한 축문 지어 올리리라

지금은 서녘으로 저녁 해 빠지는 시간

온 하늘 붉게 적시는 어머니 같은 꽃노을

도도陶陶한 황홀

—「어떤 노을」 전문

아리랑고개 너머 정릉골 어디쯤 책을 반쯤 펴놓은 八자형의
맞배지붕들이 둘러서서 네모를 이룬 집이 있다. 하늘마저 네모
난 그 집에서 평생을 보낸 여인은 무릎을 쪼그린 채 초배바닥을
문질렀다. 가녀린 뒷모습만 바라보던 아들은 이제 장성하여 어
머니의 노고를 이해하게 되었다. "틈이 보이지 않는 사각"은 희생
을 요구하던 그 시대의 사회적 배경이 깔려있다. 우리의 어머니
들은 그렇게 자신의 생을 가족을 위해 헌신하였다. 시인은 안방
아랫목에 두팔베개를 하고 비스듬히 누워 콩댐 비릿한 새 장판
에서 막사발 엎어 초배바닥 문지르던 어머니를 만난다. 벽이나 방
바닥에 차지고 고운 흙을 덧바르는 게 '새벽질'이다. 예전에는 '새
벽질'을 하고 온돌 표면에 얇은 종이를 바른 다음 조선종이를 덧
바르고 종이장판에 기름을 먹였다. 불린 날콩에 들기름을 섞어
장판 위에 여러 차례 덧바르는 것이 콩댐이다. 콩댐을 하면 종이
장판에 물기가 스며들지 않고 걸레질을 할수록 윤이 났다. 대개
콩댐을 하는 일은 여인들의 몫이었다. '입단내'는 침이 부족하여
목이 타는 듯한 마음을 비유적으로 이르는 말이니 콩댐은 중노

동이었을 것이다. 북악 능선에 시월이 오고 불단풍이 확 번질 때면 어머니의 기일이다. 시인은 붉게 타는 노을을 보며 망극한 축문祝文을 지어 올리고 싶다. 왜 도도陶陶한 노을이라 했을까? 어머니 생각만 해도 즐겁다는 것이니 생전의 어머니는 오직 사랑으로 '화평한 집'을 이루었을 것이다. 하여 노을도 꽃처럼 곱다. 「어떤 노을」은 어머니의 '일상을 요약'해 '일생을 보여주는' 작품이다. 일상성을 파헤친 프랑스 철학자 앙리 르페브르가 "일상성에 세계의 비밀이 숨어 있으며, 일상성을 설명하지 않고 세계를 설명할 수 없다"고 주장했듯이 지극히 일상적인 일들이 시인의 손을 거쳐 좋은 작품으로 태어났다.

좀 더 바싹 다가섰다

도톰한 꽃살에 가만히 손을 얹었다

새가 울어도 좀체 내색치 않던

연자줏 꽃덜미가 가늘게 흔들린다

날잎내도 풋풋하다

본능이긴 하지만

여간 노골적인 수작이 아니다

성묘 다녀오는 길에

솜털 보송한 입시울 좀 만졌기로서니

깨꽃내음 한 옴큼 묻힌 채

이랑으로 스미는 식은 바람 움켜 안고

굳이 나를 따라오겠다니,

저녁은 파해가고

추녀마루 어처구니도

입 다문지 오랜데

—「깨꽃」 전문

풍자가 비판적 인물을 공격함으로써 읽는 이에게 웃음을 유발하는 것이라면 해학은 인간에 대해 선의를 가지고 독자와 대등한 위치에서 함께 웃을 수 있는 '긍정적 표현' 방법이다. 「깨꽃」은 시인의 능청에 그만 웃음이 터지고 만다. 그 웃음은 행복을 주는 건강한 웃음이다. '참깨'는 고소한 기름을 품고 있다. 그래서 흔히 신혼시절에는 "깨가 쏟아진다"라고 한다. 시인은 「깨꽃」으로 인간의 본능, 욕구를 자연스럽게 표현하였다. 1차적으로 '욕구'가 발생하고 그 '욕구'를 채우기 위해 2차적으로 발생하는 '욕망'에는 적극적인 태도가 포함된다. 「깨꽃」은 '욕구에서 욕망'으로 진전되고 있지만 누구도 탓할 수 없는 '아름다운 욕망'이기에 그저 웃을 수 밖에 없다.

"본능이긴 하지만/여간 노골적인 수작이 아니다/성묘 다녀오는 길에/솜털 보송한 입시울 좀 만졌기로서니//깨꽃내음 한 옴큼 묻힌 채/이랑으로 스미는/ 식은 바람 움켜 안고/굳이 나를 따라오겠다니" 시인이 성묘 다녀오는 길에 만난 깨꽃, 바싹 다가서서 도톰한 꽃살에 가만히 손을 얹으니 연자줏 꽃덜미가 가늘게 흔들린다고 한다. 새가 울어도 좀체 내색치 않던 날잎 풋풋한 깨꽃이 낯선 남정네의 손길에 그만 마음이 흔들린 것이다. 해는 저물고 저녁마저 밤으로 들어설 시간인데 이 여인네는 막무가내 따라붙는다. 아름다운 도발에 추녀마루 '어처구니'도 입을 다물고 있다. 좀처럼 떨쳐낼 수 없는 유혹이다. 여기서 말하는 '어처구니'란 우리 한옥의 용마루 끝이나 처마 끝에 서 있는 십장생의 동물형상이지만 마치 '어처구니'가 "일이 너무 뜻밖이어서 기가 막히는" 어처구니로 읽히는 '즐거운 오독'이 숨어있다. 시인의 천연스러운 능청과 노골적인 여유자적에 그만 웃음이 터지고 만다.

「재미학 콘서트」의 저자 손대현 교수는 "근면이 미래 이익이라면 게으름은 현재 이익이고 일이 인간의 것이라면 여유자적은 신이 내린 것이다. 그래서 인간의 목표는 일이 아닌 여유"라고 하였다. 결국 인간은 여유자적 여가를 통해 행복을 느끼고 행복을 느끼는 삶이 성공한 삶이라는 것이다. 여유란 '마음의 여백'이 아닐까. 부와 권력으로 명예를 얻었다 할지라도 바늘 하나 꽂을 틈이 없는 사람을 우리는 '행복한 사람'이라고 인정하지 않는다. 류병구 시인의 시 속에는 이런 즐거운 능청이 있다. 아래 예시 「니스, 10월의 밤」에서도 이와 비슷한 맥락을 엿볼 수 있다.

지중해 쪽빛 해변

흰 낮 뜨거웠던 숨결 접고
몽돌 쓸리는 소리 보듬는 밤바다

한 줌 달빛
저 아귀찬 유혹에
내 묵는 곳을 그만 일러주고 말았다

— 「니스, 10월의 밤」 전문

　세월의 연륜이 없으면 감히 쓰지 못할 빼어난 입담이다. 거처
를 알려준다는 것은 마음을 허락한다는 것이니 어찌 함부로 내
사는 곳을 발설할 수 있으랴. 이 역시 노시인의 '여유자적'이다.
이렇듯, 사람이 아닌 자연과의 관계에서 시인은 한 수 위다. 자연
을 끌어들여 시와 접목하는데 '매듭'이 보이지 않는다. 천의무봉
의 솜씨가 아닌가. 다양한 삶의 통로들을 지나온 경험, 일상의 서
사가 투입될 때 시는 빛을 발한다.

섭씨 36도
명줄이 쇠귀신보다도 더 질겼던 삼복

어제 그제의

소나기 몇 줄금에 경계가 곤두섰다

때를 놓쳐버린 매미가
울음을 삭이고
불꽃 도리다 만 의젓한 들녘은
떫은 풋가을을 주워 담는다

안골댁 할머니가
잘 여문 햇볕만 뚝뚝 끊어
멍석에 널고 있다

예정일이 다가오는 햇나락
만삭의 과체중으로 푹 꼬부라졌다

—「경계 · 2」 전문

　'추분을 지나며'라는 부제가 달린 작품이다. 24절기를 환히 꿰
고 있는 류병구 시인은 '절기'에 관한 시가 유독 많다. 그만큼 '우
리의 것'에 애정과 관심이 많다는 것이다. 임산부도 출산예정일
이 있듯이 계절도 '절기'라는 예정일이 있다. 절기도 경계가 있어
그 경계선을 넘으면 맥을 못 춘다. 정해진 기간만큼 머물다가라
는 '자연의 섭리'이다. 자연은 늘 이 섭리에 순응한다. 가끔 기상
이변이 있긴 하지만 이 또한 인간이 초래한 결과가 아닌가. 계절

의 절기에 따라 급변하는 날씨, 쇠귀신보다도 더 질겼던 삼복이
다 갔다는 것은 불꽃같은 '매미의 목숨'이 사위어 간다는 것이다.
"안골댁 할머니가/잘 여문 햇볕만 뚝뚝 끊어/멍석에 널고 있다"
들판의 햇나락도 만삭의 과체중으로 푹 꼬부라지는 때가 있다.
시인은 다 내주고 물러설 줄 아는 가을들판을 '의젓하다'고 말
한다. 「경계·2」는 때를 모르고 제자리를 고집하는 '인간의 이기
심'을 절기의 특성을 통해 조명하고 있다.

　　지금
　　석촌호숫가에는
　　꽃이삭 너울대는 갯버들이
　　여린 봄을 깨우고 있습니다

　　이맘때
　　봉제사 모시느라

　　암키와 곱게 빻아
　　볏지푸라기에 묻혀 닦으시던
　　놋제기에

　　덕지덕지 묻은 기왓개미 얼룩이
　　되레 그리운 꽃이 되어

성근 나를 깨우고 있습니다

오랜 세월
깊이 사무쳐 곰삭은 이름
어머니

당신을 만나고 싶으면
남겨 주신 놋그릇에
푸른 녹청이 슬어주기를
기다릴 수밖에 없겠지요

여문 봄
한 줌 찧어 넣고

― 「종부宗婦」 전문

　　종갓집의 맏며느리인 종부, 시부모 공양에 많은 제사를 받들
어야하는 힘든 자리이다. 제사가 다가오면 곱게 빻은 기와를 지
푸라기에 묻혀 놋제기를 닦으시던 어머니들, 놋그릇에 슨 푸른
녹을 닦아내면 거울처럼 반질거리던 놋그릇 닦기, 가마니를 펼치
고 한나절 펼쳐지는 풍경을 시인은 잊지 못한다. 여필종부의 시
대, 아내는 반드시 남편의 뜻을 좇아야 했다. 고된 일상에도 묵
묵히 소임을 다하던 우리들의 어머니, 주종관계처럼 순종을 강

요당했던 시대는 이제 옛일이 되어버렸다. 봄이 오면 종부의 가슴은 덕지덕지 기왓개미 얼룩으로 물들지 않았을까. 그 고된 노동마저 그리운 것은 다시 오지 못하는 어머니가 시인의 가슴을 차지한 때문이다. 시인은 지나온 삶의 공간에서 '생각의 재료'를 추출해낸다. 다양한 내력을 지닌 '자연과 사람'의 관계는 시인에게 중요한 대상이다. 어머니가 보낸 삶의 내력을 응시하며 '시간의 간극'을 그리움으로 표출한다. 시인은 흘러간 '기억'을 채집하고 유년의 체험을 환기시켜 의미를 부여한다. 그럴 때마다 쓸쓸한 통증이 묻어나는 것은 다시는 오지 못할 '편도'의 길로 많은 것들이 떠나버렸기 때문이다. '여문 봄'을 한 줌 찧어 넣어도 가버린 사람은 오지 않는다. 이 시집의 표제시 「쇠꽃이 필 때」에서도 이와 비슷한 이미지를 형성하고 있다.

허름한 임종이었다

곡기를 놓자 장기까지 죄 적출 당한
폐차들의 집단 묘원
삼우제도 다 지나고
그렇게 끝인 줄 알았다

소임 다하고 웅크린 위태로운 능선
주검으로 겹쌓은 비장한 철산은

되레 농도의 고름새가 살아있는 패턴

질감과 형형 색감이 장악한
죽어서 되 핀 쇠꽃 동산이었구나

물큰한 쇳내가 자욱한 유택

참새들이 짓눌린 더미 위에 앉아
꿈틀대는 적막을 쪼고 있다

—「쇠꽃이 필 때」 전문

'쇠꽃'이 무엇인가 했더니 '붉은 녹'이었다. '녹'을 '꽃'으로 본 시인의 눈은 몇 겹일까. 폐차장은 지금 장기까지 죄 적출 당한 폐차들의 집단 묘원이다. 삼우제도 다 지나고 그렇게 끝인 줄 알았다는 능청과 처참한 죽음에도 미학을 잃지 않는 류병구 시인은 자신만의 화법으로 근래 보기 드문 시 세계를 구축하고 있다. 위태로운 능선처럼 쌓인 비장한 철산은 지금 쇠꽃이 피는 동산이다. 과거의 지문을 스캔해 이면에 잠재된 의도를 끄집어내는 시의 육화肉化 과정이 세련되고 야멸치다. 사용된 시어들은 고유의 정서를 빚어내면서도 조금도 고루하지 않다. 이는 시인의 '의식'이 개방되고 '사고'가 젊다는 것이다. 주관적이며 개인적인 고유의 개성을 획득한 류병구의 시편들은 마음이 열리는 기쁨이

깃들어있다.

"휘이 쫓은 참새에게도/입술 연지/한번/쿡 찍어 보낸다"는「잇 꽃」, "연록 담록 청록 황록들이/왼나절을 휘젓고 나면/방자한 소 만小滿 살바람도 진이 다 빠진다"는「초록 오월을 벗기면」에서도 시인이 가진 서정의 힘을 재확인할 수 있다.

시인에게 시 쓰기는 '보자기'를 '보따리'로 만드는 과정이다. 무 언가를 담지 않으면 그저 네모난 천일 뿐인 '보자기'가 생각을 담 아내는 순간 '보따리'로 변해 기능을 가진다. 시인의 보자기인 A4 용지, 또는 원고지에 무엇을 어떻게 담아야할지는 시인의 몫이 다. 시집『쇠꽃이 필 때』의 사유가 묵직하다. 잃어버린 근원根源을 탐색하며 삶의 진정한 '가치'를 추구하는데 전력을 기울인『쇠 꽃이 필 때』는 마땅한 것을 마땅히 여기지 않는 이 시대에 보기 드문 시집이다. 우리말의 아름다움을 시어로 재창조하고 섬세하 게 기록한 시집『쇠꽃이 필 때』는 훗날 우리말 자료로 활용되어 도 손색이 없을 것이다.

류병구

청주중 · 고등학교, 한국외국어대학교 불어과 졸업
동 대학원 석사과정에서 불문학을,
성균관대학교 대학원 석 · 박사과정에서 유교철학을 공부했다(철학박사).
한국정신문화연구원을 거쳐 가천의과학대학교 교수로
윤리학을 가르치고 정년퇴임 했다.
『직업윤리학개설』, 『서구 근세사에 있어서 중국사상의 역할』 등의 저술,
『월간문학』을 통해 등단, 시집 『달빛 한 줌』, 『쇠꽃이 필 때』가 있다.

다할시선 004

쇠꽃이 필 때

2017년 3월 10일 초판 1쇄 인쇄
2017년 3월 15일 초판 1쇄 발행

지은이　　류병구
펴낸이　　김영애
기 획　　윤수미
디자인　　이유림
펴낸곳　　SniFactory (에스앤아이팩토리)

등 록　　제2013-000163(2013년 6월 3일)
주 소　　서울시 강남구 삼성로 96길 6 엘지트윈텔1차 1402호
　　　　　www.snifactory.com / dahal@dahal.co.kr
　　　　　전화 02-517-9385 / **팩스** 02-517-9386

© 2017. 류병구

ISBN　　979-11-86306-63-5　(03810)　　　　　값 9,000원